Conoce los planetas

por John McGranaghan
ilustrado por Laurie Allen Klein

Bienvenidos al primer concurso del planeta favorito en la historia. Soy su anfitrión Plutón, en vivo desde el Sistema Solar dentro de la hermosa galaxia Vía Láctea.

Estos planetas han existido durante miles de millones de años. Éstos han sido vistos por telescopios y visitados por naves espaciales. Y esta noche, uno será llamado ¡el planeta favorito!

Sin más preámbulos . . . ¡vamos a conocer a los planetas!

Mercurio ☿
Venus ♀
Tierra ⊕
Marte ♂
Júpiter ♃
Saturno ♄
Urano ♅
Neptuno ♆

Éstos son sólidos. Son rocosos. Están cerca del Sol. Ahora vienen los planetas interiores.

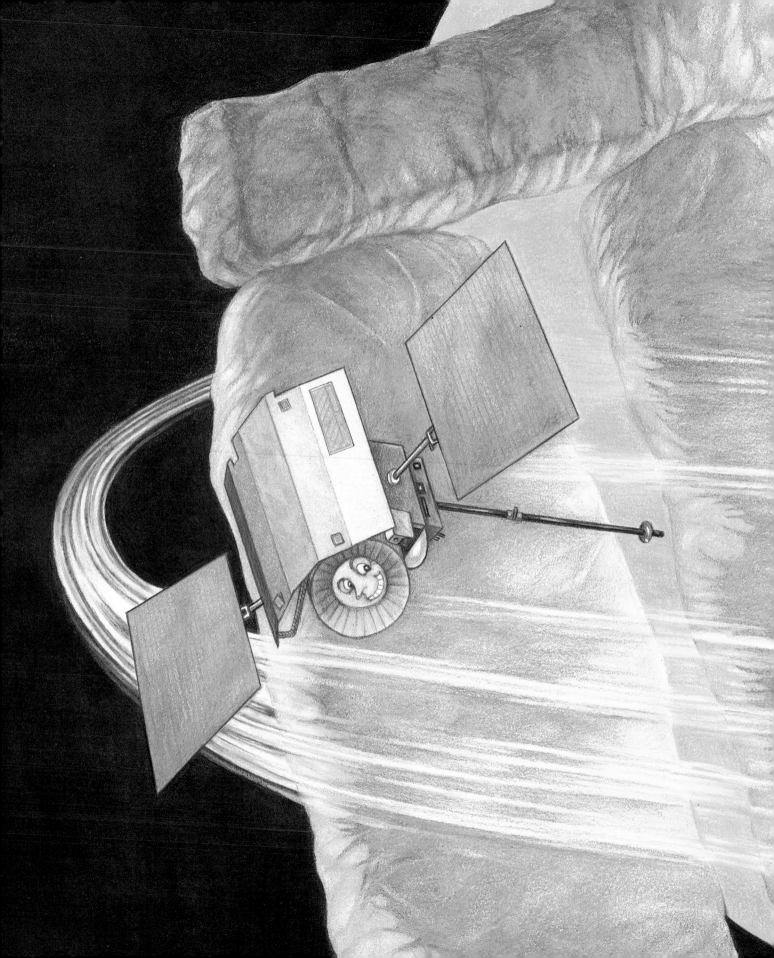

Él es un poco más grande que la Luna de la Tierra y cubierto de cráteres; pero no tengas dudas, es todo un planeta. Rotando alrededor del Sol en solamente 88 días terrestres, es el planeta más rápido del Sistema Solar. Ha sido nombrado en honor al mensajero rápido de los dioses; ahora lo ves, ahora no lo ves . . . ¡conoce a Mercurio!

Ella es brillante, es hermosa, y es guapísima. Alcanzando en su superficie una temperatura de más de 840° Fahrenheit (450° Celsios), es bastante caliente como para derretir algunos metales. Como es el planeta más brillante que se ve desde la Tierra, a menudo se confunde con una estrella . . . ¡démosle la bienvenida a Venus!

Una vez se pensó que era el centro del Universo por la gente que vivía aquí, ella es el tercer planeta desde el Sol. Ni demasiada caliente, ni demasiada fría, sus mares y cielos les han dado vida a todo desde los dinosaurios hasta las margaritas. Este planeta nunca deja de dar . . . ¡conozcan a la madre Tierra!

Él es ligeramente más grande que Mercurio, pero este planeta no se sienta detrás de nadie. Si se le ve un poco rojo, es porque su suelo rico en hierro le da un color rojizo oxidado. Los primeros astrónomos pensaron que parecía como sangre y su nombre se debe al dios de la guerra. Aquí está el último de los planetas interiores . . . ¡no te metas con Marte!

Éstos son grandes. Están lejos del Sol. Están llenos de gas y todos tienen anillos. Dale la bienvenida a los planetas externos.

Él tiene un punto rojo del tamaño de dos Tierras. No hay ninguna superficie rocosa en este planeta — es todo gas. Pero con una temperatura en su superficie de -235° Fahrenheit (-150° Celsios), no está echando aire caliente. Nombrado en honor al rey de los dioses, es el planeta más grande en el Sistema Solar . . . ¡el masivo, gaseoso Júpiter!

Rodeado por una deslumbrante exhibición de anillos, algunos dicen que él es el planeta más hermoso de todos. Es el segundo planeta más grande en el Sistema Solar, pero no dejes que su tamaño te engañe. Este planeta es tan ligero en sus pies ¡que flota! Es nombrado en honor al dios de la agricultura. . . . ¡dale la bienvenida a Saturno!

No ajustes tus ojos; este planeta está inclinado. Ya que él gira en su lado, uno de sus polos recibe 42 años de luz solar, mientras que el otro recibe 42 años de oscuridad. Este fue el primer planeta descubierto por un telescopio. Fue nombrado en honor al abuelo de Júpiter y padre del Saturno . . . ¡conoce a Urano!

Antes de que los telescopios pudieran encontrar este planeta, los astrónomos usaron las matemáticas para predecir su existencia. Este hermoso planeta azul es todo menos tranquilo. Con vientos que arremolinan más de 1,000 millas (1,600 kilómetros) por hora, este es un planeta tempestuoso. Agarren sus sombreros . . . ¡aquí viene Neptuno!

Aquí los tienen. Los ocho planetas vestidos en lo mejor de su Sistema Solar. Vamos a darles una ronda grande de aplausos.

Muchachas y muchachos, terrícolas y extraterrestres, me han informado que nuestros jueces no pueden llegar a una decisión. Las lunas han rehusado votar debido a un conflicto de interés. El Sol ama a todos los planetas y no puede seleccionar sólo a uno. Y todos los meteoros se han ido dejando una estela.

Así que, esto significa que ¡Tú decidirás el planeta favorito! Así es. Has estudiado los planetas en la escuela. Has leído libros y has mirado programas de televisión acerca de ellos. Ahora este es el momento para seleccionar ¡Tú planeta favorito!

El ganador es . . . ¿quién?

Para las Mentes Creativas

Y el ganador es . . .

Hay muchas formas divertidas de incorporar las matemáticas y las aptitudes en las ciencias con ¡el aprendizaje del sistema solar! Por favor, mira las actividades para la enseñanza en línea y gratis para divertirte más con el sistema solar.

¿Qué planeta piensas tú que debería ser el planeta preferido del Sistema Solar? ¿Por qué? Pregúntale a tus amigos, parientes y compañeros de clase cuál es su planeta favorito.

Copia o baja esta página del Internet (mira arriba) ¡Por favor, no escribas en el libro!

Mantén tus respuestas usando marcas de conteo. Para cada respuesta, dibuja una línea "de arriba hacia abajo" (vertical). Cada quinta línea, debes cruzar las 4 anteriores. Cuenta las líneas de conteo para ver quién es el ganador y después haz una gráfica de los resultados.

Mercurio	☿		
Venus	♀		
Tierra	♁		
Marte	♂		
Júpiter	♃		
Saturno	♄		
Urano	♅		
Neptuno	♆		
¿Cuántos votos?		1-5	6-10

Mercurio	Venus	Tierra	Marte	Júpiter	Saturno	Urano	Neptuno

Los planetas no están a escala

El tiempo y las temperaturas

Planeta		Gira alrededor del sol*	Gira sobre su eje*
Mercurio	♀	88 días	59 días
Venus	♀	225 días	243 días
Tierra	⊕	365.25 días	un día
Marte	♂	687 días	un día
Júpiter	♃	12 años	10 horas
Saturno	♄	29 años	10 1/2 horas
Urano	♅	84 años	17 horas
Neptuno	♆	165 años	16 horas

*Las longitudes redondeadas del tiempo se muestran en las mediciones del tiempo de la Tierra.

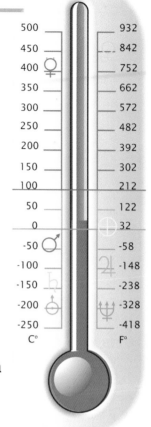

Nuestro día con 24 horas se forma de la cantidad aproximada de tiempo que le toma a la Tierra rotar (girar) sobre su eje (imagínate un palo que pasa por la Tierra del Polo Norte al Polo Sur).

Nuestro año (365 días) se forma de la cantidad aproximada de tiempo que le toma a la Tierra girar (en órbita) alrededor del Sol. Añadimos un día cada cuatro años (año bisiesto) para nivelar la fracción de más.

¿Cuán largo sería "un año" en otros planetas?

¿Notaste el patrón entre los planetas interiores y exteriores y la cantidad de tiempo que les toma para rotar o girar?

¿Cuán largo sería "un año" en otros planetas?

Encuentra el símbolo del planeta para identificar su temperatura promedio.

Nuestros meses son de casi 30 días que es tiempo que le toma a la luna girar alrededor de la Tierra. El primer día de un mes lunar es el día de la Luna Nueva, cuando el Sol y la Luna salen aproximadamente al mismo tiempo. La Luna sale aproximadamente 50 minutos más tarde cada día mientras pasa por sus fases.

Algo en que pensar:
¿Cuán largo sería "un mes" en un planeta sin ninguna luna o con más de una luna?
¿Cómo averiguarías tú cuántos meses o cuántos días hay en un mes?
¿Cómo los llamarías?

Distancia desde el Sol: Una actividad de valor relativo

Responde las siguientes preguntas del valor relativo. Las respuestas se encuentran al inferior de la página.

	Billones	Cien Millones	Diez Millones	Millones	Cien Miles	Diez Miles	Miles	Cientos	Decenas	Unos
Tierra		1	4	9	, 5	9	7	, 8	9	0
Júpiter		7	7	8	, 4	1	2	, 0	2	0
Marte		2	2	7	, 9	3	6	, 6	4	0
Mercurio			5	7	, 9	0	9	, 1	7	5
Neptuno	4 ,	4	9	8	, 2	5	2	, 9	0	0
Saturno	1 ,	4	2	6	, 7	2	5	, 4	0	0
Urano	2 ,	8	7	0	, 9	7	2	, 2	0	0
Venus		1	0	8	, 2	0	8	, 9	3	0

Distancias en Kilómetros

1. ¿Cuál distancia del planeta tiene el dígito más alto en la columna de los diez miles?

2. ¿Cuál distancia del planeta tiene el dígito más alto en la columna de los diez millones?

3. ¿Cuál distancia del planeta tiene el dígito más alto en la columna de los cien millones?

4. Si fueras a redondear a los millones, ¿a qué distancia en kilómetros estaría de Venus??

5. ¿Cuántos planetas hay a más de un billón de kilómetros del Sol? ¿Cuáles son?

6. ¿A cuál valor de lugar tienes que mirar para saber si la Tierra o Venus están más lejos del Sol?

7. ¿Cuál es el valor del dígito "5" en la distancia entre el Sol y Neptuno?

Las constelaciones, las personas famosas, y la tecnología espacial

En este libro, hay referencias artísticas de constelaciones, de gente famosa, de tecnología espacial, de libros clásicos y también de otras formas de arte. ¿Puedes encontrar el arte en este libro? ¿Qué otras cosas puedes ver en el arte? Puedes encontrar una explicación detallada y de qué es qué y de quién es quién en las actividades en línea de este libro.

Leo el León
Casiopea
Ptolomeo
Copérnico
Los gemelos Rover de Marte
Draco
La Luna con las Osas Mayores y Menores
Hipatia
Galileo
El programa Mariner
Sonda Espacial de Cassini
Los Herschel
El monumento Stonehenge

Preguntas Falsas o Verdaderas del Sistema Solar

Utiliza la información que se encuentra el libro para contestar las siguientes preguntas en verdaderas/falsas. Las respuestas están al revés, abajo de la página.

1 Las plantas están en la parte más baja de nuestra red trófica y todas las vidas dependen de las plantas para alimentarse. Los planetas externos tienen capas gruesas de tierra para que las plantas crezcan.

2 Los seres vivos en la Tierra necesitan agua líquida para beber. Todos los planetas tienen agua.

3 Los seres vivos en la Tierra necesitan un lugar seguro, cómodo para vivir. Las temperaturas en otros planetas no sostienen la vida como la conocemos — serían o demasiado calientes o demasiado frías.

4 Los seres vivos en la Tierra necesitan el oxígeno. Muchos animales reciben el oxígeno a través de los pulmones y los peces lo reciben por medio de las agallas. Ya que el oxígeno también se encuentra en Marte, seres que viven en la Tierra podrían ser capaces de vivir allí también.

5 Un día en Marte tendría casi la misma duración que un día en la Tierra, pero un día en el Júpiter sólo sería de 10 horas.

6 Un día en Venus es más largo que su año.

7 Los planetas interiores son gaseosos y tienen anillos, pero los planetas externos son rocosos.

8 Nosotros solamente podemos ver la Luna de noche.

Respuestas Verdaderas/Falsas: 1. Falso: los planetas externos son de gas sin suelo; 2. Falso: los científicos no han encontrado (aún) agua líquida en ningún planeta; 3. Verdadero; 4. Falso: la atmósfera de Marte tiene dióxido de carbono, no oxígeno; 5. Verdadero: un día es la cantidad de tiempo que le toma al planeta en girar sobre su eje; 6. Verdadero: un año es la cantidad de tiempo que le toma al planeta en girar alrededor del Sol; 7. Falso: los planetas interiores son rocosos y los planetas externos son gaseosos; 8.Falso: Dependiendo en donde la Luna esté en su ciclo, pudiéramos verla también durante el día.

Actividad para emparejar el Sistema Solar

¿Puedes identificar los objetos del Sistema Solar? Las respuestas están al revés, abajo en la siguiente página.

1 Este planeta es nuestra casa y es el único planeta ¡que no fue nombrado en honor a ningún Dios griego o romano! Un poco más del 70 % de la superficie del planeta es agua, y el 97 % de éste es océano o agua salada. El dos por ciento es de hielo congelado o de agua dulce subterránea, dejando el 1 % de agua dulce de lagos y ríos.

2 A este satélite le toma casi 30 días para girar alrededor de la Tierra, dándonos nuestros meses. Según donde se encuentre en su ciclo, vemos fases diferentes. Podríamos verlo durante el día, por la noche, o para nada.

3 Nombrado en honor a la diosa romana del amor y la belleza, este planeta está demasiado caliente para que los seres sobrevivan. Tiene volcanes activos, pero no tiene agua o luna. Rota (gira) en dirección contraria a comparación de los otros planetas, y es casi del mismo tamaño que la Tierra.

El Sol

Mercurio   Venus   La Tierra   Marte   Júpiter

4 El planeta más grande fue nombrado en honor al rey romano de los dioses. Los astrónomos creen que el punto rojo grande es una tormenta parecida a un huracán que ha estado allí ¡por más de 100 años! Este planeta tiene cintas de color de los diferentes gases, tiene 62 lunas conocidas, y anillos que son apenas visibles.

5 El más pequeño de los planetas externos y el más alejado del sol, este planeta azulado fue nombrado en honor al rey romano del mar. Sabemos que tiene 13 lunas, la más grande se llama "Tritón", nombrada en honor al Dios griego del mar. Los astrónomos piensan que los puntos oscuros son tormentas parecidas a un huracán, pero mucho, mucho más fuertes.

6 Este planeta rojo se ve a menudo en la noche, sin un telescopio. El estudio con la misión Rover nos trae un nuevo conocimiento de "Red Rover." Los científicos no creen que ahora exista agua en el planeta pero que existió hace un tiempo. No hay oxígeno, pero hay dióxido de carbono en la atmósfera.

7 Esta es la estrella de nuestro sistema solar, ¡alrededor de la cual giramos! Es una estrella de tamaño medio, pero parece tan grande porque es la más cercana a nosotros que cualquiera de las miles de millones de las otras estrellas. Esta nos da el calor y la luz que necesitamos para vivir. La vemos salir en el Este por la mañana y ponerse en el Oeste por la tarde.

Saturno   Urano   Neptuno

Respuestas: 1. Tierra, 2. Luna, 3. Venus, 4. Júpiter, 5. Neptuno, 6. Marte, 7. Sol

Los planetas están mostrados en orden desde el Sol y están a escala en tamaño, pero no la distancia del Sol.

Gracias a Dr. Curt Niebur, Program Scientist, Planetary Division, NASA; Dr. Susan Niebur of Niebur Consulting; Dr. Art Hammon, Program Coordinator, CSU-NASA/JPL Education Initiative, NASA/JPL (Jet Propulsion Laboratory); y a Brian Kruse, Lead Formal Educator at the Astronomical Society of the Pacific por verificar la exactitud de la información en este libro.

Los datos de catalogación en información (CIP) están disponibles en la Biblioteca Nacional

portada dura en Español ISBN: 978-1-60718-6939
portada suave en Español ISBN: 978-1-62855-4113
eBook en Español ISBN: 978-1-60718-1538
portada dura en Inglés ISBN: 978-1-60718-1231
portada suave en Inglés ISBN: 978-1-60718-1330
eBook en Inglés ISBN: 978-1-60718-1439
También disponible en cambio de hoja y lectura automática, página en 3era. dimensión, y selección de textos en Inglés y Español y libros de audio eBooks ISBN: 978-1-60718-3020

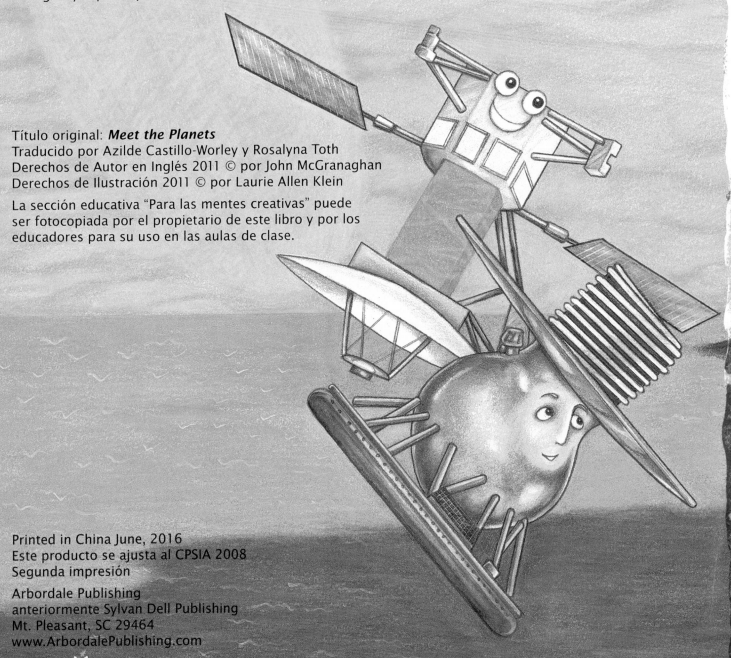

Título original: **Meet the Planets**
Traducido por Azilde Castillo-Worley y Rosalyna Toth
Derechos de Autor en Inglés 2011 © por John McGranaghan
Derechos de Ilustración 2011 © por Laurie Allen Klein

Printed in China June, 2016
Este producto se ajusta al CPSIA 2008
Segunda impresión

Arbordale Publishing
anteriormente Sylvan Dell Publishing
Mt. Pleasant, SC 29464
www.ArbordalePublishing.com